ANA & ARTUR
DESCOBREM A GRÉCIA

Silvana Salerno

ILUSTRAÇÕES:
Bruno Gomes

Dados Internacionais de Catalogação na Publicação (CIP)
(Câmara Brasileira do Livro, SP, Brasil

Salerno, Silvana
Ana e Artur descobrem a Grécia / Silvana Salerno ; ilustrações Bruno Gomes. -- São Paulo : Editora do Brasil, 2018. -- (Mitos do mundo)

ISBN 978-85-10-06897-0

1. Ficção - Literatura juvenil I. Gomes, Bruno. II. Título. III. Série.

18-18614 CDD-028.5

Índices para catálogo sistemático:

1. Ficção : Literatura juvenil 028.5

Maria Paula C. Riyuzo - Bibliotecária - CRB-8/7639

Direção-geral: Vicente Tortamano Avanso

Direção editorial: Felipe Ramos Poletti
Supervisão editorial: Gilsandro Vieira Sales
Edição: Paulo Fuzinelli
Assistência editorial: Aline Sá Martins
Auxílio editorial: Marcela Muniz
Coordenação de arte: Maria Aparecida Alves
Produção de arte: Obá Editorial
Design gráfico: Lilian Ogussuko
Supervisão de revisão: Dora Helena Feres
Revisão: Elis Beletti e Alexandra Resende

1ª edição / 5ª impressão, 2024
Impresso na Forma Certa Gráfica Digital

Avenida das Nações Unidas, 12901
Torre Oeste, 20º andar
São Paulo, SP – CEP: 04578-910
Fone: + 55 11 3226-0211
www.editoradobrasil.com.br

"Se todos sonhamos o mesmo sonho,
quer dizer que estamos acordados."
WILLIAM SHAKESPEARE

*

"Da razão, vive o homem; do sonho, sobrevive."
MIGUEL DE UNAMUNO

Sumário

1

Segredos de quintal

Plóft! E uma coisa rolou perto dela.

A menina acordou de seu sonho. Deitada embaixo da árvore, continuou de olhos fechados curtindo aquele perfume. Adorava sentir cheiro de fruta, e o de manga era um dos seus preferidos. Naquele estado acorda-não acorda, Ana pensava no suco, no sorvete e na musse de manga – delícias que a mãe fazia. Mas, onde estava, de olhos fechados, imaginou-se descascando com as mãos aquela manga caída do pé e chupando tudo até o caroço. Abriu os olhos, espreguiçou-se e foi o que fez: descascou a manga com as mãos e lambuzou-se inteira.

Nesse momento, Artur chegou. Veio correndo pelo quintal e se deitou ao lado da prima, no saco de dormir que ela estendera no chão, e fixou os olhos naquela trama de galhos e folhas que formava a copa da mangueira. Era uma das árvores mais altas do pomar e dava uma sombra danada de boa! Ao lado dela, a jabuticabeira fazia a festa de todos quando ficava branquinha, com o tronco tomado de flores que se transformavam nas frutinhas pretas que todos adoravam. Logo abaixo, a laranjeira e o limoeiro exalavam um odor azedinho. Ana adorava sentir aqueles cheiros e sabia identificar cada um deles direitinho.

Artur admirava a energia das árvores: seu tronco vigoroso, que suportava um emaranhado de galhos e folhas, além das frutas. Mergulhava o olhar na copa da mangueira e se perdia por lá... À sombra da grande árvore, ele viajava com o pensamento. Lembrava o que tinha acontecido na escola, a menina de quem ele gostava, o jogo de bola com os colegas, o pito dos professores, os garotos que o zoavam e os amigos.

– Oi – disse Artur para a prima.

– Oi – respondeu Ana.

E nenhum dos dois falou mais nada. Relaxando embaixo da mangueira, cada um deixava o pensamento voar. Ana pensava no que Neusa, sua melhor amiga, tinha dito. Ficou com raiva da Neusa, porque ela sabia que Ana gostava do Gil fazia um tempão e, como se nada estivesse acontecendo, disse pra Ana que ele tinha dado uma olhada daquelas pra ela...

Ana ficou passada. Não disse nada para a amiga, mas ficou magoada. Enquanto lutava com seus sentimentos sem saber o que dizer, Neusa se despediu porque a aula ia começar. Ana entrou no banheiro e lavou o rosto.

"Ainda por cima, ela falou que tinha gostado...", pensava Ana indo para a classe. "Como eu não disse nada, ela vai pensar que o caminho está livre."

Ana não prestou atenção na aula, estava de cabeça cheia. Os pensamentos se acumulavam, um por cima do outro, e ela foi ficando zonza com tudo aquilo. Tudo isso foi dando uma grande dor de cabeça nela.

Na penúltima aula, pediu ao professor de Inglês para sair da classe pois precisava arrumar um remédio para dor de cabeça. Na secretaria, dona Estela lhe deu um copinho de chá e em seguida um analgésico. Ela agradeceu à dona Estela e voltou para a classe.

Enquanto andava pelos corredores do colégio, mais relaxada, foi pensando que não ia desistir do Gil sem mais nem menos. Com essa decisão, foi tirando a Neusa e o Gil da cabeça e assistiu à última aula com muita atenção. Assim que a campainha tocou, foi para o portão e ficou esperando a amiga. Quando ela passou, Ana disse:

– Neusa, preciso falar com você.

– Só se for rápido, hoje tenho dentista – respondeu a amiga.

– É o seguinte, Neusa. Eu comecei a gostar dele antes de você.

– Eu não tenho culpa se ele está me paquerando, Ana.

– O *quê*?! Só porque ele te olhou, já acha que ele está a fim de você?

– Claro! Se fosse com você, seria a mesma coisa.

– Puxa, Neusa, não esperava isso de você...

– Nossa, como você é!

– Eu é que sou?!

– Bom, é melhor a gente conversar outra hora, tenho de almoçar e correr pro dentista – disse Neusa se despedindo.

Ana não conseguia engolir aquilo. Não sabia se estava com raiva pela atitude da amiga ou pelo fato de Gil não ter dado bola pra ela. Ou pelas duas coisas. No caminho, foi pensando, pensando, até que uma luz acendeu na sua cabeça: "E se Neusa estivesse imaginando coisas?".

Agora, repassando a cena embaixo da mangueira, ela via como tinha sido bom pensar. No caminho da escola para a casa da avó, suas ideias estavam embaralhadas. O ciúme e a raiva não a deixavam raciocinar. Quando se deitou no quintal e começou a relaxar é que as ideias foram se encaixando e ela conseguiu refletir sobre o que tinha acontecido.

De repente, começou a rir. "E se a Neusa disse isso só pra gozar da minha cara? Inventou tudo isso só pra ver como eu ficava? E agora ela deve estar morrendo de rir com a minha reação!"

2

O refúgio da infância

Artur e Ana eram primos. Todo dia, depois da aula, iam para a casa da avó. À noite, quando saíam do trabalho, as mães pegavam os meninos. A casa da avó era mais a casa deles que os apartamentos onde moravam. Ali, o que eles mais gostavam era do quintal...

Artur tinha doze anos e Ana, treze. Artur gostava de Rita, mas eles ainda não se falavam; não estavam ligados em namorar. Artur costumava jogar bola com os amigos, *video game* e jogos no celular; faziam campeonatos nos fins de semana. Há pouco tempo, tinha começado a fazer *tae kwon do* e estava gostando muito. Ana andava de patins com as amigas no fim de semana e curtia música. Ela tocava violão e queria passar para a guitarra. Há um ano havia aberto uma academia de capoeira perto da sua casa, ela entrou numa turma e se deu muito bem. Estava contente com o progresso que vinha fazendo e com a mudança que podia observar em seu corpo: tinha mais agilidade e seus músculos estavam mais fortes. Ela percebeu também que com a capoeira estava ficando mais desembaraçada.

O que unia especialmente os primos era o grande interesse que eles tinham por tudo. Artur era curioso, Ana era observadora, e nesse ponto eles se juntavam para descobrir novas coisas, para se aventurar. Estavam sempre interessados em algo novo. Até uma coisa que parecia muito simples ficava grande aos olhos deles, que iam observar, pesquisar e tentar descobrir, por exemplo, alguma informação sobre aquelas formigas que atacavam a pia da cozinha e deixavam a mãe louca ou sobre a infestação de aleluias, que ficavam voando em volta do lustre, na primavera.

Artur e Ana gostavam de saber da vida das pessoas próximas. Se alguém ia fazer um conserto na casa deles, puxavam conversa e no papo sempre surgia alguma coisa interessante.

Com isso, eles sempre estavam aprendendo. O encanador que a mãe de Artur contratava era do interior; Artur adorava ouvir os causos que ele contava, principalmente as histórias de Saci. Embaixo do apartamento de Ana, morava dona Jandira, que tinha vindo do litoral – a família dela era muito antiga, já estava no Brasil muito antes de outras; era de origem indígena, o que ainda dava para ver pelos olhos um pouco puxadinhos e pelo cabelo liso e brilhante. Ana e as crianças do prédio adoravam dona Jandira porque ela era uma doceira de mão cheia, fazia os melhores bolos do mundo! Nos aniversários de Ana, o superbolo de dona Jandira era o sucesso da festa.

Com esse interesse dos filhos, e a naturalidade com que tratavam as outras pessoas, os pais também se beneficiavam – iam aprendendo com eles. No meio dos adultos, Ana e Artur não eram envergonhados; já entre os colegas, era diferente. Ana era introspectiva, sonhadora. Não falava muito e tinha um grupo pequeno de amigas. Mais expansivo que a prima, Artur era amigo de quase toda a classe. Não tinha somente alguns amigos próximos, como Ana; ele tinha muitos amigos. Mas, além da curiosidade em conhecer e descobrir, mais uma coisa em comum eles possuíam: os dois adoravam ler, uma forma de conhecer e descobrir mais. Ultimamente, era a mitologia grega que estava dominando os temas de suas leituras e jogos.

Artur era um garoto tranquilo. Ele se dava bem com quase todos da escola, menos com dois garotos grandões que sempre o zoavam. Quando entrou nessa classe, ele ficou mal. No começo reagiu e apanhou – eram dois contra um. Depois, viu que não era só com ele que aqueles caras aprontavam; eles zoavam os outros garotos também. O jeito que Artur encontrou de não ser humilhado foi ficar longe deles. Para não passar por aquele sufoco, evitava os dois grandões. Na classe, vivia mudando de lugar; escolhia o banco mais distante da dupla, para evitar problemas. Nem sempre dava certo. Os grandões percebiam isso e muitas vezes eles é que mudavam de lugar para ficar na cola dele. Zoavam muito com ele, e Artur se fazia de morto, como se não estivesse ali.

Como essa dupla mexia com quase toda a classe, os professores perceberam o problema e separaram os dois brigões em classes diferentes. A situação melhorou, mas na hora do recreio eles se juntavam e aí tentavam descontar em todo mundo. Artur e seus amigos fingiam não ouvir nem ver; sempre que a dupla aparecia no pedaço, eles davam um jeito de sumir. Se a dupla atacava, não respondiam e saíam de perto rapidinho, como se a coisa não fosse com eles. A turma de Artur precisava estar sempre alerta, não podia baixar a guarda. E isso, até então, estava dando certo. Mas, naquele dia não deu... A turma dele foi atacada quando voltava para casa.

Deitado embaixo da mangueira, Artur lembrou o sufoco que haviam passado. Saindo da escola com mais três colegas, João, Renato e Juca, eles tinham feito um caminho diferente: em vez de seguir pela rua principal, cortaram pelo parque que ficava em frente ao colégio. Os grandões viram isso e aproveitaram a situação, uma vez que o parque era pouco frequentado e eles poderiam barbarizar à vontade sem ser vistos.

Os quatro estavam bem no meio do parque quando a dupla saiu de trás das árvores e veio, um de cada lado, atacar o grupo. Eram dois contra quatro, mas dois brutamontes que pegaram os quatro de surpresa.

Quando Artur viu o galho de árvore nas mãos de um deles, partiu para cima lançando pela primeira vez o chute que havia aprendido no *tae kwon do*. O grandão tentou se desviar e caiu em cima do canteiro. Rapidamente,

João pegou o galho que havia caído da mão do grandão e brandiu na direção dele. João e Artur ficaram em cima do grandão, e ele continuou caído.

Enquanto isso, o outro grandão, que havia atacado Juca e Renato, também teve uma surpresa: não sabia que Juca fazia jiu-jítsu. Ele deu um golpe que imobilizou o cara, colocando o pé no peito dele.

Eram dois contra um, mas foi um sufoco danado! A turma do Artur não queria ferir ninguém, só queria se defender, e não sabia como agir – não brigavam e nunca tinham lutado fora das aulas. Por outro lado, os grandões passaram mais apertado ainda; quando viram os golpes, eles se acovardaram. O que estava imobilizado falou, olhando para o amigo que estava caído no canteiro:

– Desta vez eles venceram. Vambora, Zé!

Ninguém disse nada. No meio de um silêncio pesado, Juca tirou o pé do peito do cara e se manteve de prontidão. Artur e João se afastaram do outro, que se levantou e foi andando ao lado do colega, enquanto os quatro olhavam, parados. Quando estavam distantes, a dupla gritou:

– Mas vai ter revanche!

Artur e os amigos não suportavam aquilo. Não eram de violência, achavam aqueles caras uns grandes babacas, mas precisavam se proteger – até por isso estavam fazendo artes marciais. O negócio era andar sempre pelos caminhos mais povoados e se aprimorar no *tae kwon do* e no jiu-jítsu. Mas era um saco não poder ficar à vontade, ter de ficar sempre de prontidão e atento para evitar uma emboscada e saber se livrar de um ataque-surpresa, como esse do parque.

Deitado no quintal da casa da avó, Artur ainda tremia por dentro e preferia ficar quieto e deixar o nervoso passar a conversar sobre o que havia acontecido. Aos poucos foi se acalmando e conseguiu afastar a luta daquela manhã. Era a primeira vez que eles enfrentavam os caras daquele jeito – era também a primeira vez que davam golpes na rua. Foi uma surpresa o desembaraço deles ao aplicar os golpes, e surpresa maior ainda para os grandões, que não esperavam nada daquilo.

Saindo do parque, os quatro amigos comentavam a revanche que viria.

– Será que vão buscar reforços e se unir a outros? – comentou Juca.

– É possível – disse Renato.

– O negócio é a gente malhar bem nas aulas e estar sempre atento.

– É... não dá pra marcar bobeira de jeito nenhum – disse Artur.

Eles estavam superpreocupados, mas procuravam não demonstrar para um não assustar o outro ainda mais. Tinham de conviver com aquilo da melhor maneira possível, sem se ferir e procurando não ferir também.

Passando a mão pela testa suada, Artur respirou fundo, fechou os olhos, foi se acalmando e afastando da cabeça a cena do parque. Quando abriu os olhos, lembrou da Rita. Simpatizava com aquela garota, mas nunca tinha se aproximado dela pra conversar, saber como ela era, do que ela gostava. Na sua turma, os meninos e as meninas ainda não se misturavam.

Com a prima era diferente. Ele havia sido criado com ela, na casa da avó, e havia muita familiaridade entre eles. Tinham interesses em comum, como jogos, filmes e livros com temas históricos, especialmente os que tratavam da Antiguidade. Os jogos de celular com os mitos gregos eram os que eles mais curtiam. Gostavam das histórias dos deuses, das aventuras que os heróis enfrentavam e de como os deuses vinham à Terra e participavam da vida das pessoas com a maior naturalidade.

Ainda bem que eles se entendiam, porque desde pequenos passavam as tardes juntos. Lendo isso, parece que esses primos eram diferentes dos outros, que nunca brigavam, sempre estava tudo bem entre eles. Não era bem assim. Ana não queria que Artur se metesse com as amigas dela e Artur não queria que Ana chegasse perto dos colegas dele. Ele tinha uma turma só de meninos, e ela, uma só de meninas. E ai se um deles violasse o pacto que haviam feito! No mais, eles se davam muito bem; nem pareciam primos.

Ainda embaixo da mangueira, Artur mudou de posição e deu de cara com a paineira, a maior árvore do quintal, que ficava bem no meio, entre todas as outras. E aí viu a casinha deles, ao lado da grande árvore, e se lembrou da história desse lugar tão especial para ele e para a prima.

Na infância, o avô teve a ideia de fazer para eles uma casinha no quintal – do tamanho de um quarto da casa da gente – onde eles brincavam quando eram pequenos e, quando ficaram mais velhos, usavam como refúgio nos dias de chuva. Um lugar só deles, sem adulto por perto.

Era toda branca, com a porta e a janela azuis, e estava rodeada de plantas e flores, com uma linda jabuticabeira bem em frente, que duas vezes por ano florescia e depois dava jabuticabas deliciosas. Eles ficavam intrigados com aquelas frutinhas diferentes, que, em vez de nascer nos galhos como as outras, nasciam grudadas no tronco.

Quando a casinha ficou pronta, as crianças ficaram no maior alvoroço. Sentiram-se grandes e independentes, com um espaço só delas. Dona Sofia colocou uma mesa e dois bancos grandes na casinha e seu Heitor pregou prateleiras nas paredes, onde eles colocaram os brinquedos. Então, fizeram uma "cerimônia" de inauguração, com direito a discurso e tudo. Dona Sofia e seu Heitor eram muito bem-humorados e bolaram uma fala bem doida, que fez todo mundo cair na risada. Os meninos convidaram os amiguinhos para a festa e a avó preparou pipoca, brigadeiro e limonada.

Não era à toa que Ana e Artur adoravam a casa dos avós. Aquela casinha deu a eles uma sensação de liberdade e também incutiu neles a responsabilidade de cuidar das próprias coisas. Eram eles que varriam a casinha e cuidavam dela; tiravam o lixo, fechavam a porta e a janela quando saíam etc.

Na infância, eles viviam lá, rodeados de amigos. E foram levando para a casinha tudo de que gostavam: coisas estranhas que encontravam, pedras diferentes e instrumentos velhos do avô, que era relojoeiro e tinha um monte de pinças, alicatezinhos e chaves de fenda minúsculas.

Quando levavam bronca ou estavam chateados com alguma coisa, era para a casinha que eles iam. Eles adoravam aquele espaço!

À medida que foram crescendo, deixaram de brincar na casinha, mas foram levando para lá todos os livros que ganhavam, mais os livros antigos que os pais e os avós tinham lhes dado, de modo que o que mais havia por lá era livro! Livros de todo tipo: de suspense e mistério, histórias de mula sem cabeça, bruxa, Curupira, Saci e lobisomem... Tudo estava meio bagunçado lá dentro, menos os livros, que estavam mais ou menos organizados para que eles pudessem localizá-los quando quisessem.

Eles ficaram um tempão sem entrar na casinha até que, um mês antes, o avô havia dado a eles uma enciclopédia antiga, de mais de vinte volumes. Eles foram até a casinha para guardar os livros. Ela estava cheia de pó, insetos e teias de aranha... Deram uma limpada geral e arrumaram espaço para a enciclopédia. Quando abriram os livros, ficaram encantados. Descobriram tanta coisa interessante que nem imaginavam que existisse, e se esqueceram da vida folheando as páginas. Tinha tanta coisa diferente lá!

3
Um nascimento muito louco

Naquele dia em que estavam mais pensativos, depois de descansarem embaixo da mangueira, resolveram fazer uma visita ao seu refúgio de infância. Foram direto para a "biblioteca" e deram de cara com um livro grande e largo, de capa dura, que não conheciam. Imaginaram que a mãe de um deles tivesse deixado o livro ali. Era um atlas histórico e, pela aparência, bastante velho. Abriram o livro e começaram a folheá-lo. Quando apareceu um mapa da Grécia Antiga, alguma coisa chamou a atenção deles. Pararam naquela página. De repente, eles se olharam de um jeito... Como era possível um atlas mostrar o caminho que Ulisses havia feito? As legendas diziam: "**Mapa da viagem de** Ulisses, de Troia para Ítaca, depois da Guerra de Troia".

Será que Ulisses tinha existido de verdade? Eles curtiam mitologia, leram *Odisseia* na escola, e agora estava, na frente deles, o mapa da viagem de Ulisses, um dos maiores heróis da Grécia!

– O que significa isso? – perguntou Ana.

– Significa que a gente pode tentar fazer essa viagem com Ulisses – respondeu Artur.

Ana olhou espantada para o primo.

– O quê?! Tá tirando uma com a minha cara?

– Tenho um jogo no celular chamado *Odisseia*.

– Ah, bom!

– Venha cá – chamou Artur, puxando Ana para uma cadeira e sentando-se ao lado dela.

– Mas eu não baixei esse jogo no meu celular… – disse a menina.

– Vamos jogar juntos, no meu, a gente vai se revezando.

– Não sei se vai dar certo… – falou Ana, meio sem vontade.

Artur abriu o jogo. Ulisses e seus companheiros estavam no meio do mar enfrentando uma tempestade, quando apareceu o aviso na tela de que a bateria estava no fim. Artur não tinha trazido o carregador, mas lembrou-se do *tablet* que estava na mochila.

– Ana, vamos baixar o jogo no *tablet*. Na tela maior, vai ser melhor para nós dois.

As crianças entraram num *site* de busca e começaram a procurar. Artur clicou no primeiro link que apareceu: "*Odisseia – download* gratuito", e Ana foi se animando enquanto ele baixava o aplicativo.

O jogo começou. Ulisses viajava em seu navio e no roteiro só havia ilhas… Onde será que eles estavam? Que mar seria aquele?

Pelo mapa, parecia que, em vez de ir de Troia para a Grécia, estavam rumando para a África…

Um enorme monstro marinho apareceu do fundo do mar! Foi como se um buraco gigantesco se abrisse no meio do oceano. O navio de Ulisses quase virou. O mar ficou muito agitado, com ondas tão gigantescas que a nau parecia cavalgá-las, subindo e descendo. A água invadiu o convés, desceu as escadas e foi entrando por toda parte. Uma grande ventania começou. O mastro sacudia tanto que parecia que ia se partir ao meio; até os marinheiros, todos grandes e pesados, estavam sendo empurrados pelo vendaval. Com baldes e canecas, eles retiravam a água que entrava, mas o que tiravam era muito pouco em relação ao que entrava. Continuando assim, o navio de Ulisses afundaria.

Havia várias opções de continuação para o jogo, uma delas era adicionar a deusa Atena. Ana clicou nessa opção e uma bela mulher apareceu na tela. Alta e imponente, vestia uma túnica branca de seda que ia até os pés, deixando só um ombro de fora. Seus longos cabelos castanho-escuros saíam do capacete que usava. Era muito feminina e estava armada até a raiz do cabelo!

– Não tem deusa mais maluca que Atena! – disse Artur. – Tão delicada e toda armada, parece que está sempre preparada para a guerra.

– Gostaria de saber por que ela é assim. Vamos ver se tem alguma opção que conte mais sobre ela? – sugeriu Ana.

Artur testou vários itens até que encontrou o que queriam. Ao tocar a figura de Atena na tela, apareceu o poeta Homero falando sobre a deusa.

"É uma longa história, que começa no início dos tempos. A deusa Métis, que representa a Prudência, era a mulher de Zeus quando ele se tornou o líder dos deuses. Mas quando Métis ficou grávida, foi profetizado que ela teria um filho que tomaria o trono de Zeus. Para não correr esse risco, o que foi que ele fez? Zeus não teve dúvidas: engoliu a própria mulher!"

– Que louco! – comentaram os meninos.

"Um tempo depois, Zeus teve uma dor de cabeça tão forte que não suportou. Procurou Hefesto, o deus dos metais, e pediu que ele abrisse sua cabeça. O que aconteceu ninguém esperava, nem mesmo o próprio Zeus, o deus dos deuses! De dentro da cabeça dele saiu uma moça toda vestida, usando capacete e armadura, com uma lança e um escudo nas mãos! Essa moça era a deusa Atena. E sabem o que ela fez assim que saiu da cabeça do pai? Em vez de chorar, como todo bebê, dançou uma dança guerreira e soltou um grito de guerra tão forte que vibrou por toda parte!"

– Puxa! Atena não teve infância nem adolescência, já nasceu adulta. Acho que por isso é tão responsável.

– Deve ser bem chato, não, Ana?

– Só!

Homero continuava a sua narração:

"Atena é guerreira valente. Ajudou os deuses a vencerem a batalha com os gigantes. Sozinha, matou dois gigantes monstruosos e, para completar a vitória, tirou a pele de um deles, chamado Palas, e forrou seu escudo com ela!"

Artur deu *pause*.

– Uau! Olhando pra ela, não dá pra imaginar isso – comentou.

– É muita violência arrancar a pele de alguém… – disse Ana.

– Devia ser costume na época, porque tem muita história antiga que fala em tirar a pele… só que pele de bicho, não de gente.

– Pois é… Só de pensar nisso, me dá um arrepio no corpo todo.

Voltando pro jogo, Homero ainda tinha o que dizer:

"Atena também é muito humana. Para ajudar as pessoas, ela enxerga bem durante a noite, por isso a coruja é um dos animais que a representa; o outro é o dragão, que mostra seu lado guerreiro".

Os meninos estavam pensativos e de novo pararam o jogo para conversar.

– Como todos nós, Atena tem os dois lados: o da guerra e o da paz – disse Ana.

– Tem um lance que eu vi na enciclopédia e achei engraçado – comentou Artur. – Atena não quis se casar; nunca teve namorado e fica brava com qualquer deus que tente se aproximar dela.

– Assim, ela tem mais tempo para se dedicar aos heróis, às semideusas e às pessoas que protege.

Os primos estavam tão empolgados que não conseguiam parar de falar de Atena. Haviam esquecido do jogo. Em vez disso, tentavam se lembrar de tudo o que já haviam lido e ouvido falar sobre ela. Parece que era a deusa preferida deles.

– Acho que ela faz bom uso da inteligência – comentou Artur. – Tem gente muito inteligente que pensa como ela. Tanto na guerra como na paz, Atena prefere o raciocínio à força.

– Como toda mulher – disse Ana, dando uma risadinha –, ela se destaca pela inteligência. Sabia que a capital da Grécia se chama Atenas por causa dela?

– Claro que sei! Posêidon e Atena se candidataram a deuses protetores da cidade; quem oferecesse o presente mais útil aos moradores seria o vencedor. No dia do concurso, Posêidon bateu seu tridente na terra e fez brotar uma fonte de água salgada.

– E Atena?

– Ela jogou sua lança na terra e fez nascer uma oliveira. O que era melhor: uma fonte de água salgada ou uma árvore frutífera?

– Bem... a água salgada não mataria a sede, mas um pé de azeitonas podia alimentar as pessoas e ainda render dinheiro.

– Pois é... Uma mulher venceu o concurso. A cidade adotou seu nome e passou a se chamar Atenas.

– Os gregos plantavam oliveiras e vendiam as azeitonas. Quando descobriram que da azeitona podiam extrair o azeite, passaram a vender azeite para as regiões vizinhas.

4

O que eles menos esperavam acontece

– Vamos voltar pro jogo? – propôs Artur.

– Vamos procurar outro deus?

Começaram a pesquisar e encontraram um personagem com asas douradas no capacete e nas sandálias. Clicaram nele e a figura saiu voando.

– É Hermes, o mensageiro dos deuses – disse Ana.

Nesse momento, o cenário do jogo mudou: apareceu um templo, no alto de uma montanha. Todo de mármore branco, tinha grandes colunas com cabeças de mulheres no alto. Abaixo dele, um imenso jardim o rodeava, com árvores e arbustos floridos e um gramado bem verdinho.

Hermes voava para o alto quando Atena apareceu na entrada do templo.

Empolgados com a aparição de Atena e querendo prolongar a cena, eles clicaram em vários botões. E o resultado foi que a tela apagou. Ana culpava Artur, e Artur culpava Ana por terem saído do jogo.

Artur sabia que um jogo como aquele consumia bateria, mas a bateria do seu *tablet* estava 100% carregada... havia descarregado cedo demais.

– Acho que o problema não é o jogo, Ana, deve ser a bateria do *tablet* que está velha e descarrega rápido.

– Puxa, mas bem agora!

– Vamos pra casa da vovó. Lá, a gente coloca pra carregar...

Saíram da casinha correndo e entraram na casa dos avós, mas quando puseram a bateria na tomada não apareceu nenhum sinal.

– Será que o *tablet* está com algum problema? – disse Artur.

– Ou será que acabou a luz? – sugeriu Ana.

Ana ligou o interruptor e a luz não acendeu. Pensaram em chamar a avó, mas se lembraram de que ela tinha saído; estavam sozinhos em casa.

– O que vamos fazer? – disse Artur. – Ficar aqui dentro vai ser muito chato.

– Que tal a gente ir pro quintal?

– Topo.

No lusco-fusco do fim da tarde, deitados de novo embaixo do pé de manga, olhando para o céu e para a folhagem, eles acabaram adormecendo. E sonharam...

O sonho parecia acontecer no céu... Era um lugar bem alto, rodeado de nuvens; parecia uma dimensão desconhecida. Dava a impressão de ser um local aéreo, suspenso, em que o próprio chão era feito de nuvens. O silêncio era absoluto. Parecia desabitado, mas logo se viu que não era. Uma figura veio caminhando na direção deles.

– A-a-a deusa A-te-na? – eles se perguntaram.

– Em pessoa! – respondeu a deusa, sorrindo.

– Li muito sobre você, mas nunca pensei que um dia a gente fosse se conhecer – disse Artur, surpreso com a desenvoltura com que falou com a deusa enquanto a prima ficava em estado de êxtase.

– Mas agora vocês vão me dar licença porque estou muito ocupada – disse Atena. – Mais tarde poderemos conversar. – E saiu andando rápido por um grande jardim que ia dar numa construção, bem ao fundo.

Sem acreditar no que estava acontecendo, eles apenas se olharam, não disseram nada. Temeram falar alguma coisa e quebrar o encanto. Esse lugar de outra dimensão seria a morada dos deuses? Sabiam que o Olimpo ficava no alto da montanha mais alta da Grécia... Ana e Artur ficaram olhando a deusa se afastar, o que não demorou muito, pois ela quase corria, como se tivesse algo urgente a resolver. Depois que Atena sumiu de vista, eles finalmente falaram:

– Artur! Estamos no Olimpo?!

– Eu ia te perguntar a mesma coisa, Ana!

– Só pode ser! – disseram juntos.

Então, resolveram explorar as redondezas e começaram a andar bem devagarzinho por aquele jardim. Não havia ninguém. Embrenharam-se no meio das árvores e descobriram algumas frutas que nunca tinham visto, até que encontraram um pé de romã. Estavam olhando para o alto para ver as frutas quando passou voando sobre eles uma deusa com um véu supercolorido, com as cores do arco-íris, e grandes asas de ouro.

– Que demais! – exclamou Ana, baixinho. – Você viu isso?

– Essas asas devem pesar um bocado – comentou Artur no ouvido de Ana.

– Só sei que ela voa muito bem com elas – disse a menina. – Quem será essa deusa?

– Não tenho ideia, Ana. Mas estou achando esse lugar muito tranquilo pra ser o Olimpo... – disse Artur.

– Na verdade, estamos no jardim, não subimos ao templo que está lá no fundo...

Eles pararam de andar e olharam à distância. Só então perceberam que estavam no alto de um monte e que havia uma vista incrível lá de cima. Dava para enxergar uma cidadezinha lá embaixo, no pé do morro, tão pequeninha por causa da altura que chegava a parecer um presépio, com as casinhas em miniatura, um pequeno rio, algumas pessoas e animais.

– Está tudo tão parado por aqui, que deve ser um período de paz – concluiu Artur.

Nesse momento, ouviram um leve ruído de passos que se aproximavam. Olharam para trás e viram a mesma deusa que estava voando – desta

vez andando, com os pés bem plantados no chão, como eles. Era um ser brilhante, que irradiava luminosidade, e vinha na direção deles com seu véu esvoaçante. Os primos não sabiam o que fazer. Surpresos com aquela imagem, ficaram extáticos; mesmo que quisessem se mexer, não conseguiriam. Olhavam espantados para aquela figura que já estava quase junto deles – aquele brilho despertava um certo temor neles e ao mesmo tempo os fascinava.

– Estão com medo de mim? – perguntou a jovem brilhante de asas de ouro.

Os meninos não responderam. Ela olhava para eles com tranquilidade e um sorrisinho no canto da boca. Finalmente, Artur reuniu coragem e disse:

– As suas asas e o seu brilho espantaram a gente.

– Bem, para fazer o trabalho que faço, preciso mesmo de asas. E de asas potentes, que os ventos fortes não possam quebrar.

– A senhora... é mensageira dos deuses? – Ana arriscou-se a perguntar.

– Acertou! Sou Íris, a mensageira de Hera, de Zeus e dos outros deuses. Mas pode me chamar de você, afinal, sou jovem.

– Claaaro! – desculpou-se a menina.

– Escutei uma parte da conversa de vocês. Estavam falando em paz, não é mesmo? Quando ouvi isso, lembrei de uma época em que o Olimpo e o mundo grego estavam em paz. Nenhum distúrbio, nenhuma guerra...

Íris parou de falar e olhou para eles. Era uma moça bonita, alta e forte, de cabelos escuros, como Atena, mas não usava armas nem tinha nada na cabeça; os cabelos estavam presos, provavelmente para não atrapalhar sua visão durante as viagens. Embaixo do véu colorido, usava uma túnica clara até os pés. Enquanto os meninos observavam a deusa, ela perguntou:

– Querem ouvir uma história?

– Ô se queremos! – respondeu Artur.

– História é com a gente mesmo – disse Ana.

– Pois bem. Numa época de paz, a deusa Tétis e o rei Peleu se casaram.

Fizeram uma grande festa e convidaram todos os deuses. Na verdade, nem todos... Como queriam uma festa tranquila, deixaram de lado justamente Éris, a deusa da discórdia. E foi aí que tudo começou!

Enfurecida por não ter sido convidada, Éris preparou uma armadilha. No meio da festa, jogou na mesa um pomo, uma maçã de ouro, com o seguinte cartão: "Para a mais bela".

Pra quê! A partir daí, a festa acabou. Todas as deusas ficaram ouriçadas e três disputaram fervorosamente a maçã.

– Lembro que Atena participou! – disse Artur.

– Afrodite, a deusa do amor e da beleza, também! – falou Ana.

– Isso mesmo – continuou Íris. – Hera, a deusa do casamento e mulher de Zeus, entrou na disputa com Atena e Afrodite. Para decidir qual delas era a mais bela, Zeus escolheu Páris, o príncipe de Troia. Mais que depressa, as deusas tentaram comprá-lo; cada uma ofereceu-lhe o que de melhor havia. Hera prometeu poder: faria dele o rei de toda a Ásia; Atena ofereceu-lhe sabedoria e glória; e Afrodite disse que lhe daria a mulher mais linda da terra... Quem foi que Páris escolheu?

– Escolheu Afrodite porque queria a mulher mais bonita – responderam Ana e Artur juntos.

– Muito bem! – disse Íris retomando a história. – Páris entregou a maçã de ouro para Afrodite e foi aí que a grande confusão se armou, tanto que o pomo de ouro passou a ser chamado de pomo da discórdia. Agora me digam: vocês sabem quem era a mulher mais bonita da época?

– Helena, a princesa de Esparta! – respondeu Ana, rapidamente.

– O que mais sabem de Helena? – perguntou Íris.

– Não muita coisa.

– Helena era filha de Leda com Zeus, o que significa que era uma semideusa. Bonita como a mãe, todos os príncipes da região queriam se casar com ela, mas Helena escolheu Menelau, um homem bem mais velho do que ela.

Íris parou de falar e observou a reação dos meninos. Estava na dúvida se continuava a história ou parava por aí, mas como Ana e Artur estavam tão atentos, ela continuou:

– Quando Helena se casou, pediu a seus pretendentes que jurassem proteger o seu casamento. E assim foi. Ela vivia tranquila com o marido quando Afrodite prometeu a mulher mais bela a Páris!

– Num dia em que Menelau viajou – Íris contou –, Afrodite ajudou Páris a raptar Helena. Quando Menelau voltou e não encontrou a mulher, reuniu os pretendentes de Helena e lembrou o juramento que haviam feito. E foi assim que os reis e os príncipes gregos organizaram uma expedição com mil navios – imaginem só! – para trazer Helena de volta.

– Você e Hermes devem ter trabalhado um bocado durante a guerra, não? – perguntou Ana.

– Foi uma loucura! – disse Íris. – Bem, gostei muito de conversar com vocês, mas agora tenho de ir. – E saiu andando tão silenciosamente como havia chegado.

5
Rumo ao Olimpo

Artur e Ana ficaram observando a deusa Íris se afastar. Ela caminhava com tanta leveza que parecia flutuar sobre o solo. Estavam maravilhados com aquilo tudo e ficaram ali parados, como se estivessem em outro planeta... Poderiam ter perguntado a Íris se aquele templo era o Olimpo, poderiam ter pedido a ela para levá-los até lá, mas com tanta novidade e emoção não dava tempo de pensar em questões práticas.

Eles não tinham pressa. Decidiram se sentar para curtir tudo o que havia acontecido e assim ficaram num estado onírico, com a mente voando naquele espaço novo em que estavam, povoado pelos mitos de que tanto gostavam. Olhando o infinito, daquele jeito que a gente olha sem ver, reviviam tudo o que havia acontecido até então, digerindo histórias e deuses.

Do mesmo modo como haviam visto Atena e Íris naquele jardim, poderiam ver mais algum deus ou deusa por lá. Aos poucos, começaram a conversar. Como se tivessem combinado, falavam baixinho, para não quebrar o encanto daquele momento. Relembraram o rápido encontro com Atena, que, apressada, logo se despediu, e da longa conversa com Íris, que lhes contou a história do pomo da discórdia, do rapto de Helena e do começo da Guerra de Troia.

Então se levantaram, viraram-se para o lado e viram que uma figura vinha na direção deles. Dessa vez, puderam contemplá-la melhor. Vestida com uma túnica rosa-claro que ia até os pés, com uma faixa amarrada na cintura, a deusa Atena estava de volta e ainda mais bonita. Tinha um brilho especial nos olhos escuros e um perfume que lembrava o do pêssego no pé. Sua pele também era muito especial... parecia translúcida. Usava colares e braceletes dourados e estava sem a lança e o escudo, mas mantinha o capacete.

"Será que ela não tira nunca isso, nem para dormir?", pensou Ana.

Agora Atena estava com tempo e foi logo dizendo:

– Íris me contou que conversou com vocês sobre o início da Guerra de Troia.

– Que história! – disse Ana, vencendo a timidez e sendo a primeira a falar, de tão empolgada que estava com a deusa preferida a seu lado.

– De que lado Zeus ficou nessa guerra? – perguntou Artur.

– Zeus não tinha um partido definido – respondeu Atena. – Ele deveria ficar neutro, mas defendia os troianos. Muitas vezes, Hera, Posêidon e eu tivemos de pedir a ele que favorecesse os gregos, pois os troianos já estavam sendo protegidos por Apolo, Ares e Afrodite.

– Sabe, Atena, estamos estranhando uma coisa: como o Olimpo está vazio! – comentou Ana, empolgada com a sua naturalidade ao conversar com a deusa. – Só vimos você e Íris!

– Deste lado, o jardim parece vazio porque vocês estão na ala sul do Olimpo. Os deuses costumam utilizar a ala norte, no lado oposto. Além disso, hoje não vai haver assembleia.

– Atena – disse Ana subitamente –, será que poderíamos conhecer o Olimpo?

– Vocês estão com sorte! Hoje é um dia tranquilo, podemos ir ao templo, sim. Acho até que poderão conhecer alguém por lá...

– Quem será?! – perguntou Artur dando um sorrisinho de lado, já desconfiado de quem seria.

– Já sei! – disse Ana. – É Hermes!

– Quando chegarmos lá, vocês verão – disse a deusa, dando uma piscadinha.

Decidida e prática, Atena foi se encaminhando para o Olimpo. Os meninos a seguiam, admirados com o tamanho do jardim que o circundava. À medida que avançavam, as árvores iam mudando de estilo – ora eram muito altas, frondosas e verdes, ora eram menores e floridas. Depois das alamedas arborizadas surgiram as moitas de arbustos e os canteiros floridos. As flores formavam desenhos de cenas históricas, que Atena ia descrevendo.

O primeiro deles representava a luta de Hércules com o leão de Nemeia; outro, a caixa de Pandora; Perseu e a Medusa; os Argonautas... O que ela explicou a eles era só uma pequena amostra; eram tantos os canteiros que eles poderiam passar um dia inteiro ali, curtindo tudo aquilo... Eles se olharam com uma vontade louca de percorrer todo aquele jardim, mas não disseram nada e seguiram Atena, pois sabiam que ela estava disponível, mas não era para abusar também, certo?

6

Lira ou *rap*?

Quando chegaram ao topo da escada, quase sem fôlego de tanta emoção, os meninos admiraram a vista, lá de cima, do gramado, da galeria e do jardim. Seguindo Atena, chegaram ao palácio. A entrada era majestosa: altas colunas e muitas estátuas, mas não havia ninguém. Penetraram o local das grandes assembleias – um anfiteatro, como aqueles que a gente vê no cinema.

Artur ficou com vontade de dar um grito para ouvir a acústica, mas Atena já estava lá na frente, num saguão onde se sentia um aroma diferente. Os primos se olharam; a deusa percebeu o que eles estavam sentindo e disse:

– Estamos chegando na hora certa. Estão sentindo esse aroma, não?

Eles inspiraram fundo.

– Muito bom! – exclamou Ana.

– É o néctar dos deuses! Vocês irão prová-lo.

Os meninos se cutucaram. Aquilo parecia um sonho, mesmo!

– Esperem um pouquinho aqui, eu já volto – disse a deusa, afastando-se.

Estavam num amplo saguão, sem paredes e sem mobília. As nuvens haviam subido e a visibilidade agora era total. A vista lá de cima era estupenda! Estavam admirando essa paisagem de 360 graus, que dava a volta em todo o saguão, quando ouviram uma música tocada com lira e flautas.

– Tá tudo muito legal, menos essa música... – disse Artur no ouvido da prima.

– Será que Apolo está aqui? – falou Ana, baixinho. – É ele quem toca a lira...

Empolgado com a paisagem e o palácio, Artur começou a cantarolar por dentro um *rap*, sem soltar nenhum som. No mesmo instante, o *rap* que estava na cabeça dele passou a ser ouvido em todo o Olimpo. O menino arregalou os olhos.

– Está ouvindo, Ana? – perguntou em voz baixa.

– Que demais! Um *rap* cantado em português em pleno Olimpo!

– Ana, essa era a música que estava na minha cabeça!

– O quê?!

– Isso que você ouviu! Quando aquela música grega começou, eu achei chata. Então, pensei nesse *rap* e comecei a cantarolar dentro da minha cabeça. Imediatamente, ela começou a ser ouvida no palácio!

– Nossa! Isso não é telepatia? Escutar o que o outro está pensando?

– Acho que é!

– Os deuses, com certeza, têm esse poder.

– Ana, temos de tomar cuidado com os nossos pensamentos!

A menina concordou, preocupada, e eles continuaram a conversa. Entretidos com tanta coisa que acontecia ao mesmo tempo, não notaram a chegada de Atena.

"Ela deve deslizar, não é possível!", pensou a menina. "A gente não ouve seus passos..."

– Você tem razão, Ana – respondeu a deusa ao pensamento da menina. – Nossos passos são tão leves que é como se deslizássemos mesmo.

Ana abriu a boca de espanto e não soube o que dizer.

– Não se preocupe com isso, Ana. É tão natural para nós enxergar o pensamento, que acabamos conversando com os pensamentos como se fossem falas.

Os meninos estavam impressionados.

– Muito bem! – disse Atena, como se fosse uma guia turística. – Estamos no saguão do palácio. Vamos agora para o salão de entrada provar o néctar dos deuses.

Preocupados, os meninos seguiam a deusa. "Como controlar os pensamentos?", pensavam. Não sabiam como fazer e precisavam tomar muito cuidado para não pensar nenhuma besteira em relação aos deuses ou ao que iria acontecer, senão poderiam se dar mal...

Atravessaram o enorme saguão e entraram numa sala mais fechada, mas ainda com amplas aberturas. Nessa sala havia vários bancos, um sofá e almofadas. A deusa sentou-se e eles se acomodaram ao lado dela.

Pouco depois, uma ninfa chegou com uma bandeja. Parecia uma bailarina patinando pelo salão – só que não estava de patins. Trazia uma jarra e várias taças e logo serviu o néctar para eles. Os meninos agradeceram; Atena tomou a bebida e eles a imitaram. Era um líquido amarelado, doce e muito gostoso, apesar de não estar gelado.

O *rap* tinha parado havia muito tempo. Como não estava mais na cabeça de Artur, a lira e as flautas voltaram a ser ouvidas.

7

"Os primeiros brasileiros que conheço"

– Minha filha! Quem está aí? – disse uma voz trovejante.

Os meninos se viraram e não viram ninguém. Olharam para as paredes e não enxergaram nenhum alto-falante... Ali, o som era transmitido de uma forma impressionante!

– Vou levar meus amigos para você conhecer – respondeu Atena, levantando-se. E dirigindo-se aos meninos:

– Tenho uma surpresa para vocês. Vou levá-los à sala dos deuses, onde fazemos as reuniões.

Artur e Ana seguiram a deusa, na maior expectativa. Será que iria acontecer o que estavam imaginando?

Uma grande porta de cobre, com deuses e semideuses entalhados, comunicava o salão de entrada com a sala dos deuses. No fundo da sala, havia um trono; um homem grande e musculoso, barbudo, de cabelos escuros, compridos e encaracolados, estava ali sentado.

"Zeus!", imediatamente os meninos pensaram.

– Acertaram! – respondeu ele, sorrindo diante do espanto deles.

– Pai, aqui estão Ana e Artur, que vieram conhecer nossa história.

– Sejam bem-vindos! – disse o deus.

Os meninos agradeceram com a cabeça, incapazes de dizer qualquer palavra. Estavam petrificados!

– O que os traz aqui? – continuou Zeus.

– Acredito que seja a curiosidade – respondeu Atena, percebendo o estado deles.

– A curiosidade e o interesse por uma história tão legal! – conseguiu dizer Ana.

– Do que vocês gostam na nossa história?

– De tudo! – disse Artur, entusiasmado.

– Muito bem, pessoal! Hoje não temos assembleia e os assuntos estão resolvidos; posso mostrar uma novidade a vocês.

Atena deu um sorriso, concordando. Os meninos se olharam, cada vez mais encantados com tudo o que estava acontecendo. O que será que viria a seguir?

– Já ouviram falar na Guerra de Troia? – perguntou Zeus, olhando para os meninos.

– Siiiim! – responderam eles ao mesmo tempo, agora mais soltos e à vontade.

– Como terminou a guerra?

– Os gregos venceram, escondendo-se num cavalo de madeira – falou Artur. – De madrugada, saíram do cavalo e atacaram Troia.

O pai dos deuses levantou-se e fez sinal para eles o seguirem. Atravessaram um arco e entraram numa sala menor, toda branca, com um enorme sofá branco ao fundo. Atena encaminhou-se para o sofá com seus convidados e sentou-se entre eles. Zeus apertou um botão e uma grande tela desceu no meio da sala. Em seguida, uma cena de guerra apareceu na enorme tela. Parecia que eles estavam no cinema, só que não havia projetor. De onde saía a imagem que aparecia na tela?

– Vejam só! – exclamou o deus apontando para Troia em chamas. – Depois de vencer os troianos, os gregos incendiaram a cidade. Destruíram os templos, mataram quase todos os homens e escravizaram as mulheres.

E as cenas de luta e destruição se seguiram na tela, mostrando os gregos saqueando a cidade, roubando os objetos de valor e quebrando tudo.

– Um dos poucos sobreviventes foi Eneias. Auxiliado por Afrodite, conseguiu fugir com a mulher e o filho, carregando o pai às costas – disse Atena, que até então só observava o diálogo entre o pai e os meninos.

– Pois é – concluiu Zeus, pensativo. – Uma guerra é travada entre guerreiros. A população civil não tem nada a ver com isso...

– E os vencedores barbarizaram – comentou Atena –, matando a população, que não tinha nada a ver com a guerra.

Enquanto falavam, as cenas iam aparecendo na tela. Viram Eneias fugindo com o pai, a mulher e o filho. Vários guerreiros o acompanhavam. Na cena seguinte, a mulher de Eneias desaparece. Ele fica desesperado, procura por ela, volta, entra em atalhos, e acaba desistindo.

– Eneias sabia que se demorasse muito eles seriam apanhados pelos gregos. Com dor no coração, entrou numa embarcação e partiu rapidamente com o pai e o filho, remando vigorosamente – disse Atena enquanto a cena aparecia na tela.

Ana e Artur estavam encantados com aquele cinema que parecia vivo. De olhos arregalados, procuravam absorver o máximo de informação possível, não queriam perder nada desse momento verdadeiramente *divino* que estavam vivendo.

– Mas não podia ficar assim! – exclamou Zeus. – Não aceitamos isso! Não é essa a atitude de um guerreiro. Os gregos venceram, mas abusaram... Erraram muito e tinham de pagar por isso!

– Zeus convocou uma assembleia com os deuses olímpicos – disse Atena. – Mesmo os deuses que apoiavam os gregos, como Posêidon, Hera e eu, concordamos que aquilo não era justo.

– Como líder do ataque a Troia, Ulisses era o principal culpado – disse Zeus. – Ulisses pode ser chamado de "engenhoso", pode ter sido o idealizador do cavalo de Troia, o que levou os gregos a vencer a guerra, mas ele comandou o incêndio da cidade, além de escravizar e matar a população. Os deuses decidiram que ele tinha de pagar pelos erros que cometeu.

8

A fantástica viagem de Ulisses

Artur e Ana nem piscavam. Estavam com os olhos e os ouvidos bem abertos para captar tudo.

– Vocês devem estar com fome – disse Atena levantando-se –, e nós também! Está na hora do lanche – continuou, dando uma piscadinha para o pai.

Enquanto Atena saía da sala, Zeus foi até a janela. Era o pôr do sol. Hélio se recolhia com seus cavalos para descansar depois de doze horas de trabalho para manter o Dia. Aproveitando que o deus havia se afastado, os meninos cochichavam.

– Artur, estamos no palácio do Olimpo, conversando com Atena e Zeus, o deus dos deuses! – disse Ana, no ouvido do primo, dando um beliscãozinho nele. – Sabe lá o que é isso?

– Estamos vendo um filme vivo, Ana! Sem fita nem projetor, sem computador nem celular... – respondeu Artur, cutucando a prima. – Bota tecnologia nisso, menina!

– Pra ver como a Terra está atrasada...

Atena voltou com uma bandeja e quatro pratos com um doce de aparência apetitosa.

– Ambrosia para todos! – exclamou, distribuindo os pratos.

Os meninos atacaram o doce. Era tão delicioso que eles perderam a vergonha e pediram mais.

– A ambrosia é um alimento forte. Os seres humanos só podem comer quando um deus lhes oferece; se comerem sozinhos, podem morrer.

Eles se olharam, assustados.

– Não se preocupem – disse Atena, dando uma risadinha –, eu estou servindo vocês. Vou trazer mais um pouco para cada um... mas só um pouquinho.

A deusa voltou com a ambrosia e dividiu a porção nos pratos vazios. Depois de comerem, eles se sentiram reconfortados. Além disso, o tratamento *vip* que estavam recebendo e o tempo que já estavam juntos davam confiança a eles para se sentirem à vontade.

– Já ouviram falar na Odisseia? – perguntou Zeus.

– A fantástica viagem de Ulisses! – exclamou Artur, confiante.

– Exatamente!

– Dez anos depois do fim da Guerra de Troia, Ulisses ainda vagava pelos mares – disse Atena. – Tempestades, naufrágios, feitiços e outros problemas o afastavam cada vez mais da sua ilha.

– A viagem de Ulisses foi uma longa prova pela qual ele teve de passar – disse Zeus. – Os deuses criaram armadilhas para ele, especialmente Posêidon, o deus do mar, por ele ter cegado seu filho.

– Então, eu propus uma assembleia entre os deuses e meu pai concordou. Devíamos encontrar um meio de fazer Ulisses chegar a sua ilha – disse Atena.

– Os deuses do Olimpo concordaram com a proposta de Atena. Terminada a assembleia, ela colocou suas sandálias de ouro e foi, rápido como o vento, ao encontro de Penélope e Telêmaco, a mulher e o filho de Ulisses, na ilha de Ítaca.

– Por que você foi para a ilha de Ulisses em vez de ajudá-lo a chegar lá? – perguntou Artur.

– Eu tinha de ajudar Penélope a se livrar dos príncipes vizinhos que não davam sossego a ela enquanto não escolhesse um deles como marido – respondeu.

– Atena chegou ao palácio de Ulisses disfarçada e disse a Telêmaco que o pai dele iria voltar – continuou Zeus.

– Eu sei o estratagema que Penélope inventou para não se casar! – disse Ana. – Contou para os príncipes que estava fazendo um manto para o sogro e que só poderia se casar quando o manto ficasse pronto.

– Mas, para que ele nunca ficasse pronto, ela tecia durante o dia e desmanchava à noite o que havia tecido de dia – completou Artur.

– Vocês estão sabendo... – sorriu Atena para eles.

– Isso muita gente conhece... – eles responderam. – E depois?

– Os pretendentes ficaram irados quando souberam que Telêmaco queria procurar o pai e se recusaram a emprestar um barco para ele – falou Zeus. – Então Atena conseguiu um barco e vinte remadores para o filho de Ulisses viajar.

9
A Ninfa de Belas Tranças

– Vamos ver na tela um trecho importante da história – falou Zeus.

– Um minuto, por favor! – disse Artur, inesperadamente. – Gostaria de saber como esse filme é projetado; não temos essa tecnologia na Terra.

Zeus olhou para os irmãos e caiu na gargalhada; Atena observava, sorrindo.

– Artur, não existe projetor, computador nem filme. A nossa tecnologia é a mente – respondeu o pai dos deuses. – Eu visualizo a cena na cabeça e ela imediatamente é transposta para a tela.

– O quê?! – exclamaram os meninos ao mesmo tempo.

– Isso mesmo que vocês ouviram – continuou, de bom humor. – A mente é poderosa; é preciso saber usá-la.

Ana e Artur se olharam.

– Mas é fantástico! – exclamou o menino. – Uma história passar da cabeça para a tela; um filme projetando as imagens que se formam na mente...

– Se a gente contar na Terra, ninguém vai acreditar – comentou Ana.

– É verdade – respondeu Artur, pensativo –, é avançado demais!

– Vamos continuar? – perguntou Atena.

– Claro! – responderam os meninos, excitados com essa descoberta.

No mesmo instante, apareceu na tela Hermes voando com suas sandálias de ouro para a ilha de Calipso, a Ninfa de Belas Tranças. Hermes encontrou a ninfa na gruta onde ela vivia, cantando e tecendo uma túnica. Ao vê-lo, ela se levantou, ofereceu-lhe ambrosia e perguntou o motivo da visita.

– Trago uma mensagem de Zeus – disse Hermes. Desenrolou um papel que estava preso no cinto da sua túnica e leu: – "Calipso, Ulisses deve ser libertado. Prepare uma jangada grande e firme para ele navegar até a terra dos feácios. De lá, será levado à sua pátria".

Calipso ficou paralisada. Finalmente disse:

– Deuses cruéis e invejosos! Por que recusam às deusas o direito de se unirem aos homens que amam? Salvei Ulisses do naufrágio, quando Zeus quebrou sua nau com um raio e todos os seus companheiros morreram. Eu queria tornar Ulisses imortal... mas se Zeus assim ordena, que ele vá!

Ulisses construiu uma jangada de casco alto, Calipso lhe deu pão, água e vinho, e soprou um vento propício para que ele chegasse à ilha dos feácios.

– Não entendi uma coisa – disse Artur. – Por que Ulisses não fugiu?

– Porque a ninfa o mantinha prisioneiro e ele estava sozinho e sem barco, não sabia em que ponto do oceano se encontrava e que rumo devia tomar.

Zeus retomou a narração e a cena mudou na tela.

– Ulisses navegou dezessete dias sem dormir, para que a jangada não se desviasse do seu rumo.

Ana e Artur estavam hipnotizados. Viam na tela Ulisses navegando pela madrugada com os olhos fixos nas estrelas e constelações que o guiavam.

– No décimo oitavo dia, ele avistou terra! Era a terra dos feácios. Estava no caminho certo, logo chegaria a Ítaca! Finalmente, Ulisses relaxou: sua sorte havia mudado. Só não deu um pulo no meio da jangada para não correr o risco de ela virar.

– Mas um deus pensa de um jeito e outro pensa de outro – comentou Atena. – Por uma terrível coincidência, Poseidon, que vinha para o Olimpo, avistou Ulisses e ficou irado: "Quer dizer que na minha ausência os outros deuses mudaram de plano em relação a Ulisses? Ele está próximo à terra dos feácios, onde ficará a salvo, mas antes de chegar lá terá de passar por muitas dificuldades".

– Posêidon reuniu as nuvens e os ventos, e com o tridente agitou o mar – continuou Zeus. – O dia escureceu e uma terrível tempestade se armou. Enormes vagalhões se formaram; um deles arrancou o leme, virou a jangada e Ulisses caiu no mar. Permaneceu muito tempo debaixo da água, empurrado pela força das ondas. Quando conseguiu subir à tona, nadou até a jangada e sentou-se nela.

As cenas na tela eram bonitas e bem coloridas.

– Do fundo do mar, a deusa Leucoteia viu o que estava acontecendo e sentiu pena dele. Apareceu sob a forma de uma gaivota e deu-lhe um véu mágico para se proteger.

– Então Ulisses montou numa tábua que se desgarrara da jangada e foi cavalgando as ondas, como se estivesse surfando – continuou Atena. – O mar estava forte e Ulisses ficou à deriva duas noites e dois dias. Só então o vento parou e ele avistou terra. Jogou-se no mar e nadou, suplicando a Zeus que tivesse pena dele. As águas se acalmaram e ele chegou à praia. Quando recuperou o fôlego, beijou o chão. Exausto, deitou-se debaixo de uma árvore e dormiu.

– Ele não sabia, mas já estava na terra dos feácios – concluiu Zeus.

10

A tela mágica

Ao terminar de narrar a cena em que Ulisses chega à terra dos feácios, o deus dos deuses levantou-se, olhou para os meninos e disse:

– Muito bem, pessoal. Agora vou cuidar de outros assuntos, deixo vocês com Atena. Foi ótimo o nosso encontro. Até logo!

Os meninos se despediram de Zeus, agradecendo o cinema que ele lhes proporcionara. Enquanto o deus se afastava, Artur se lembrou de um episódio da Odisseia; no mesmo instante, ele apareceu na tela.

– Que louco! – exclamou o garoto, dando um pulo no sofá.

Atena olhava para ele com um sorriso no canto dos olhos. Ana, que não estava entendendo nada, deu um cutucão no primo.

– Ana – disse ele, olhando para ela –, eu lembrei que Ulisses esteve na Eólia, a ilha flutuante, cercada por uma muralha indestrutível de bronze, onde vivia o deus dos ventos, Éolo... e ela apareceu na tela!

– Você pensou e visualizou a imagem – disse Atena –, por isso ela apareceu; foi plasmada na tela.

– Essa tela é mágica! – exclamou Ana. Dessa vez foi ela que deu um pulo no sofá.

– Não é a tela que é mágica... é o pensamento que é forte – disse Atena.

Os meninos se olharam.

– Como é que esse poder não rola na Terra? – perguntou Ana.

– Talvez porque não estejam habituados a usá-lo. Num ambiente em que isso é natural, como nesta sala, o pensamento do Artur apareceu.

Ana não queria ficar para trás. Pegou o gancho da aventura de Ulisses na terra dos ventos e prosseguiu a história:

– Quando Ulisses partiu da terra dos ventos, ganhou do deus Éolo um saco de couro cheio de ventos fortes, para que ele abrisse quando o ar estivesse parado e precisasse de vento para prosseguir a viagem.

À medida que Ana falava, a imagem aparecia na tela. Ela estava vendo o que dizia como se estivesse no cinema... Chocada com aquilo, parou de falar. "Isso é demais!", pensou. "Se a gente contar, ninguém vai acreditar".

Mas a plateia não queria esperar.

– Vamos, continue, Ana! – pediu Atena. – O que aconteceu depois?

Não havia tempo a perder, o cinema não podia parar. Com os olhos fixos na tela e a respiração presa pela emoção, ela continuou:

– Ulisses amarrou o saco de ventos no porão do navio com um cabo de prata, para que nenhuma ventania o arrastasse dali...

– E eles navegaram tranquilos por nove dias e nove noites – continuou Atena. – Ulisses conduziu o navio o tempo todo, sem dormir. No décimo dia, avistaram Ítaca. Finalmente Ulisses sossegou e adormeceu.

– Mal sabia ele que um novo desastre ia acontecer! – disse Artur. – Os companheiros de Ulisses achavam que aquele saco estava cheio de ouro e o abriram enquanto ele dormia. O que aconteceu?!

– Todos os ventos que estavam presos lá dentro voaram para fora – respondeu Ana.

– A forte ventania formou uma grande tempestade que arrastou os navios para o alto-mar. Eles ficaram à deriva até chegar a uma terra de gigantes que atacaram os navios. Quando os navios afundaram, os gigantes começaram a pescar os homens como se fossem peixes!

– Os gigantes eram antropófagos! Comeram um homem enquanto os outros fugiam e embarcavam no único navio que havia sobrado – concluí Artur.

Ao mesmo tempo que os meninos iam contando a história de Ulisses, as imagens surgiam na tela, brilhantes e coloridas. Ana e Artur assistiam ao "filme deles" cheios de orgulho.

– E as sereias? – perguntou Atena.

– Alguém avisou Ulisses que as sereias eram um grande perigo... – disse Ana.

– Foi Circe, a feiticeira!

– Aquela que transformou os colegas de Ulisses em porcos?

– Essa mesma! – disse Atena.

– As sereias encantavam os homens com sua música – continuou Artur. – Eles se jogavam no mar para ir atrás delas e morriam. Por isso, Circe deu a dica de tamparem os ouvidos com cera para não ouvirem o seu canto.

– Mas Ulisses quis ouvir o canto das sereias... – comentou Atena.

– E ouviu! A feiticeira disse que ele podia ouvir a música desde que estivesse bem amarrado ao mastro do navio. E foi o que ele fez. Mas quando o navio se aproximava das sereias, Ulisses começou a se encantar pela música e fez sinais para seus companheiros o desamarrarem. Em vez disso, eles remaram bem rápido para fugir desse perigo – concluiu Artur, admirando a cena na tela.

– A viagem de Ulisses foi uma verdadeira epopeia. Até por isso a palavra "odisseia" virou sinônimo de epopeia... – comentou Ana.

– Essa eu não sabia! – disse Artur com a maior humildade.

– As mulheres sabem muito! – respondeu Ana, rindo para Artur e Atena.

– Sabem mesmo! – concordou a deusa. – Pois é, Ulisses cegou o filho de Posêidon. Justo com Posêidon, o deus dos mares, ele foi mexer... Por isso enfrentou maremotos, perdeu seus companheiros no mar e teve de lutar muito para não naufragar. Finalmente, conseguiu chegar à ilha de Apolo, meu irmão por parte de pai.

Atena parou de falar. A imagem de Apolo ficou na tela por mais alguns instantes e então sumiu.

– Atena, você também tem uma ilha? – perguntou Artur.

– Não. Apolo nasceu numa ilha porque sua mãe era perseguida pela deusa Hera e não sabia onde ter o bebê. Posêidon teve pena dela e ergueu a ilha de Delos, onde Apolo nasceu – e Delos ficou sendo a ilha de Apolo.

– Foi a essa ilha que Ulisses chegou? – quiseram saber os meninos.

– Foi, sim. Circe tinha avisado Ulisses que na ilha de Apolo havia bois e carneiros sagrados e que eles não deveriam parar ali. Mas os companheiros de Ulisses estavam cansados e com fome e não quiseram saber do aviso. Logo que desembarcaram, desabou uma terrível tempestade que durou um mês inteiro. Não tinham mais nada para comer. Um dia, quando Ulisses se afastou do grupo para rezar, acabou dormindo. Seus companheiros aproveitaram sua ausência e comeram os animais de Apolo.

– Lembro disso! – comentou Ana. – Apolo ficou louco da vida! Quando o tempo melhorou, eles saíram da ilha. Mas Zeus lançou um trovão e um raio bem em cima do navio. Todos caíram no mar, menos Ulisses. Então, uma onda partiu o casco da nave; Ulisses amarrou-se a uma tábua com uma corda e foi vagando sem rumo...

– Como vocês conhecem bem a história! – comentou Atena.

– Essa parte eu lembro bem! – disse Ana olhando para Artur, que continuou a narração:

– Ulisses ficou no mar vários dias até que chegou à ilha da ninfa Calipso. Mas não foi fácil sair de lá! Ele passou sete anos prisioneiro e só saiu de lá quando Hermes levou a mensagem de Zeus, que pedia a Calipso que ajudasse Ulisses a voltar para casa.

11

Um deus ciumento e um deus cheio de energia

Brrruuuummmm!

Um forte estrondo se ouviu.

Ana, Artur e Atena estavam tão concentrados na viagem de Ulisses que levaram o maior susto!

Um deus armado, com capacete, escudo e lança, entrou bufando na sala e foi logo despejando:

– O que está acontecendo aqui? Que reuniãozinha particular é esta?

– Ares, eu é que pergunto o que está acontecendo! – exclamou Atena, muito séria.

Porém, antes que o deus da guerra pudesse responder, Atena, com toda a sua sabedoria, passou os braços sobre os ombros dele e disse sorrindo:

– Meu irmão, estamos apenas vendo imagens da Guerra de Troia. Esses jovens que estão aqui vieram de muito longe para nos conhecer...

– É a primeira vez que vejo este cineminha particular – rugiu Ares em resposta.

– Não é preciso ficar enciumado, Ares. Você poderá ver qualquer cena aqui, à hora que quiser.

Ainda de cara amarrada, mas satisfeito com o tratamento dado por Atena, o deus da guerra virou-se e foi embora batendo as botas no chão. Antes que eles pudessem se recuperar do susto, uma nova figura apareceu. Desta vez, era um rapaz muito educado. Logo que entrou, suas sandálias chamaram a atenção dos meninos. Eram de ouro, trançadas pelas pernas até os joelhos. E o mais legal é que elas tinham umas asinhas dos lados.

Artur e Ana se olharam e apontaram as sandálias com os olhos.

– Hermes, como vai? – saudou-o Atena.

– Vou bem. E você? – respondeu Hermes olhando para a deusa e seus convidados.

– Deixe-me apresentar a você dois jovens que gostam muito de mitologia: Ana e Artur!

– Muito prazer, Hermes – disse o deus da comunicação, com um sorriso.

Os meninos se apresentaram. Estavam em estado de graça.

– Logo que chegamos nós vimos você! – disse Ana para Hermes, novamente rompendo sua timidez. – Você estava voando, levando uma mensagem...

– Nós o reconhecemos pelas suas famosas sandálias com asas... – comentou Artur.

Hermes deu uma risada gostosa, e os meninos riram com ele.

– Só conhecíamos você como mensageiro dos deuses – disse Artur –, mas hoje nós conhecemos Íris...

– Íris é a mensageira especial de Hera e eu, de Zeus. E nós dois levamos as mensagens de todos os outros deuses também.

– Além disso, Hermes tem uma missão muito especial...

– Sou eu que levo os mortos para o Hades, a Morada dos Mortos...

– Puxa, você trabalha bastante! – exclamou Ana.

– Eu nem sinto, Ana. Sou muito ativo, tenho boa disposição.

– Esse meu irmão é demais! – disse Atena, sorrindo para ele.

Hermes deu um abraço em Atena e disse que trazia uma mensagem do pai para ela.

– Zeus precisou sair e incumbiu você de uma tarefa – disse.

A deusa olhou para os meninos e, então, sugeriu:

– Hermes, você tem um minutinho? Pode vir comigo até o jardim para acompanharmos Artur e Ana e nos despedirmos deles?

E assim os primos foram acompanhados pelos irmãos gregos até o jardim onde tinham encontrado Atena.

Artur e Ana queriam retardar o máximo possível aqueles últimos minutos no Olimpo, mas como não dava para alongar mais a permanência deles ali, procuraram saborear cada segundinho que restava ao lado daqueles deuses, que eram seus heróis.

Admirando tudo para guardar no fundo dos olhos, na memória e no coração, foram observando, antes de sair, a sala de "cinema" onde estavam, o salão dos deuses, onde conheceram Zeus, o salão de entrada, onde tomaram o néctar divino, o saguão cheio de colunas, todo aberto, e a vista magnífica que havia lá do alto.

– Não seria nada mau morar aqui, hein? – falou Artur, se sentindo todo enturmado com os deuses.

– Não, mesmo! – respondeu Atena.

– Mas não é sempre que está tudo às mil maravilhas, como hoje. Às vezes dá cada quebra-pau por aqui... – disse Hermes, rindo.

Desceram a grande escadaria do Olimpo e atravessaram o jardim. Chegando à galeria, os deuses se despediram dos meninos.

– Deusa Atena, muito obrigada por nos receber tão bem! – disse Ana.

– Deusa Atena, muito obrigado por tudo! – disse Artur. – Nunca vamos esquecer este dia!

– Tudo o que vivemos vai ficar na minha memória para sempre! – falou Ana. – Obrigada pelo carinho e pela atenção com que nos recebeu...

– ... por nos apresentar Zeus, pelo "cinema" especial...

– ... por conhecermos Hermes e Ares....

– Esses meninos sabem muito da mitologia, Hermes!

– É que tem cada história legal! – disse Artur.

– Boa viagem! – disseram os deuses, acenando e voltando para o Olimpo.

12

A despedida do Olimpo

Depois que os deuses se afastaram, eles acordaram bruscamente. A avó havia chegado, acendido as luzes e procurava por eles, chamando seus nomes. Assustados pelo acordar repentino, demoraram um pouco para responder, mas logo disseram que estava tudo bem e que iam ficar mais um pouco no quintal. A avó concordou, mas pediu para não demorarem porque o avô ia chegar dali a pouco e já estava quase na hora do jantar. Eles deram um "ok" para a avó e em seguida se olharam, inquietos.

– Eu sonhei... que estava na Grécia – começou Artur.

– Eu também! – respondeu Ana, empolgada.

– Mas na Grécia Antiga...

– Claro! – confirmou Ana. – O nosso jogo não era de mitologia?

– Eu sonhei que nós estávamos no Olimpo...

– ... e lá conhecemos muitos deuses?

– Isso, Ana! – exclamou Artur, entusiasmado. – Será possível que tivemos o mesmo sonho?

Juntos, então, os dois falando ao mesmo tempo, na maior empolgação e ansiedade, começaram a contar seu sonho desde o princípio, quando conversaram com Atena e depois viram uma deusa voando com asas de ouro. Falavam rápido, com medo de esquecer o sonho e não conseguir recuperá-lo.

Mas será que foi sonho mesmo?

Os dois estavam na maior excitação. "Não era possível aquilo!", cada um pensava. Ana se lembrou da música que tinha aprendido com o pai e cantarolou: "Sonho que se sonha só é só um sonho que se sonha só. Mas sonho que se sonha junto é realidade".

Aos poucos foram se acalmando e passaram a falar mais devagar, um de cada vez, um completando a frase do outro.

– Íris, deusa que eu não conhecia, conversou conosco...

– ... contou a história do pomo da discórdia.

– Então, Atena voltou...

– ... e nos proporcionou o maior presente que poderíamos ganhar, que foi nos levar ao Olimpo!

– E a ambrosia? E o néctar dos deuses?

Como num filme de trás para a frente, Ana e Artur repassavam cada detalhe do que haviam vivenciado no Olimpo.

– O cinema de Zeus foi o ponto alto! Um filme que passa na tela ao mesmo tempo que pensamos...

– Quem vai acreditar isso? – perguntou Artur.

– Ninguém! Pode ter certeza – respondeu Ana, convicta.

Lembraram da entrada abrupta de Ares enquanto assistiam a cenas da Guerra de Troia com Atena e Zeus e do ciúme que ele demonstrou.

– Que coisa! Um deus tão forte, tão poderoso como o deus da guerra, ser tão ciumento...

– E a mensagem que Hermes trouxe para Atena?

– A gente nem se preocupou em saber se era algo importante.

– Mas como ela não se apressou, talvez não fosse urgente. Ela fez questão de nos levar até o local em que havíamos nos conhecido. Sozinhos, talvez não conseguíssemos encontrar o caminho com tanta facilidade, no meio de tantos jardins e tantas colunas...

– E Hermes ainda veio junto!

– Que dia, hein? – disse Artur com ar sonhador.

Ana havia voltado a sonhar e demorou a responder. Finalmente disse:

– Foi um dia incrível, Artur!

E assim ficaram longos minutos olhando para dentro deles e saboreando cada segundo daquele encontro realmente divino.

Aos poucos, o olhar deles foi se focando e se fixou no quintal, na mangueira e nas outras árvores.

– Artur, nós estivemos no Olimpo! – disse Ana, dando um grande suspiro. – Sabe lá o que é isso?

– Ô se sei!... – respondeu, com outro suspiro.

– Será que alguém vai acreditar quando dissermos que sonhamos o mesmo sonho?

– Hummm... sei não! O melhor é a gente entrar e procurar respostas na internet, quem sabe...

Embevecidos com sua experiência divina, eles entraram em casa, deram um beijo na avó e logo se esgueiraram para o computador, deixando dona Sofia falando sozinha.

13
Cronos e Kairós

Enquanto pesquisavam, o avô chegou e foi logo abraçando os netos.

– O que vocês estão fuçando aí?

– Queremos saber se é possível duas pessoas terem o mesmo sonho.

O avô olhou para um, olhou para o outro e então disse o que eles já esperavam.

– Vocês sonharam a mesma coisa?

– Isso, vovô! – respondeu Ana.

– Pelo que já li há tempo, é possível duas pessoas terem o mesmo sonho; o que se diz, porém, é que esses sonhos não são idênticos – disse o avô.

– É isso que apareceu num *site* – respondeu Artur. – Outro *site*, porém, diz que, segundo a neurociência, "o sonho é a soma de memórias recentes e consolidadas", por isso "é muito difícil duas pessoas terem um sonho idêntico. O conteúdo pode ser igual, mas o enredo pode variar".

Ana ouvia atentamente e pensava.

– E se a memória recente e consolidada das duas pessoas for semelhante? Isso não é impossível, é?

– Não sendo um sonho pessoal, acredito que seja possível duas pessoas terem o mesmo sonho – respondeu o avô.

Ana e Artur abriram um sorriso.

– Era exatamente isso que eu estava pensando – disse ela.

– Sabe, vô, quando acabou a luz, nós deitamos embaixo da mangueira, pegamos no sono e tivemos um sonho incrível com os deuses gregos!

– Quando acordamos, contamos o sonho um para o outro, e ele era igual!

– Vocês deviam estar pensando nisso, não?

– Sim, vô! Estávamos jogando o jogo *Odisseia* quando acabou a luz. Estávamos navegando com Ulisses em sua viagem de volta, depois da Guerra de Troia.

O avô olhou para eles, interessado.

– Esse jogo deve ser bom, pois marcou bastante vocês!

– É muito bom, vô! Quer conhecer?

– Quero, sim, mas não agora, porque sua avó já deve estar com o jantar pronto.

Enquanto a avó não chamava, Ana entrou no *site* de busca.

– Olha só isso! – exclamou ela, entusiasmada. – *Corpo e alma,* o filme húngaro que venceu o Festival de Berlim, é sobre duas pessoas que ao se conhecer descobrem que têm o mesmo sonho todas as noites.

– Tá vendo? É possível! – exclamou Artur, empolgado.

Nesse instante, a avó entrou na sala. Em vez de chamar da cozinha, como fazia habitualmente, ela foi buscá-los.

– Fiz um jantarzinho especial hoje e vou servir já! – disse ela com carinho.

– Oba! – responderam os três ao mesmo tempo.

– A gente tá morrendo de fome, vó!

– Eu também, Sofia! – falou seu Heitor dando um beijo na mulher.

Na cozinha, a avó tirou do forno sua deliciosa torta de frango e trouxe salada, arroz e feijão.

– Hum, vovó! Essa torta da senhora é dos deuses!

– Dos deuses, mesmo! – completou Artur, caindo na risada.

Só então Ana percebeu o que tinha acabado de dizer e deu uma gargalhada.

– Pelo jeito a tarde foi muito boa! – disse a avó. – Vocês estão de muito bom humor... Posso saber por que estão rindo tanto?

– É que estamos estudando mitologia grega, e quando Ana disse que a torta era dos deuses, eu me lembrei dos deuses gregos...

– ... Atena, Zeus, Ares, Hermes, Íris, não é mesmo, Artur?

– Esses mesmo, Ana. Como é que você adivinhou? – respondeu Artur, com ar de gozação.

– Você já se esqueceu do que Zeus disse? "A mente é poderosa. Se quisermos, podemos ler o pensamento dos outros."

– Mas você não se lembra de que Atena disse que isso era só coisa dos deuses?

– Eu tava só brincando – respondeu a menina, dando uma piscadinha.

Quando iam começar a comer, a mãe de Ana chegou. Dona Sofia convidou a filha para jantar, o que fazia todas as noites, mas ela não aceitava porque estava sempre com pressa. Nessa noite, porém, foi diferente.

– Hoje vou aceitar seu jantar, mãe! O Filipe vai jogar bola, e eu como aqui com vocês.

Pouco depois, chegou a mãe de Artur.

– Vamos jantar, filha? – disse dona Sofia.

– O Mário viajou a trabalho e só volta amanhã. Vou aproveitar este jantar gostoso, sim – disse, olhando para todos à mesa.

Ana falou baixinho para o primo:

– Você reparou como nossas mães estão tranquilas?

– Também achei. Será que a nossa aventura tem influência nisso?

– Acho que deve ter. Afinal, não é todo dia que as mães têm filhos que passam a tarde com deuses – disse Ana, rindo.

– Deuses simplesmente, não! Deuses do Olimpo! – respondeu Artur, piscando o olho.

Enquanto eles cochichavam, o avô disse para as filhas:

– Há quanto tempo vocês não jantam conosco!

– Bom, não é, Heitor?

– Ótimo, Sofia!

– Hoje coincidiu de nossos maridos estarem fora e de termos tempo para isso – disse a mãe de Artur. E a mãe de Ana concordou com um sorriso.

Como relojoeiro, seu Heitor lidava o dia todo com o tempo. Era habilidoso e paciente, e gostava muito de ler.

– Os gregos antigos tinham duas palavras para a noção de tempo – começou a dizer seu Heitor.

Assim que ele disse "gregos antigos", os meninos se ligaram.

– A cultura grega era muito completa, tanto que os romanos incorporaram o conhecimento dos gregos em diversos assuntos, até na religião.

Os olhos dos meninos brilhavam. Que sintonia!

– Que legal, vô! Como sabe disso? – admirou-se Artur.

– Sempre gostei de História e gosto muito de ler – a leitura é o meu passatempo. Estudando a cultura ocidental, vemos que herdamos dos gregos muitos dos nossos conhecimentos, como a filosofia, as artes...

– ... a literatura, o teatro, a arquitetura... – disse dona Sofia.

– ... a mitologia – continuou Ana.

– ... os Jogos Olímpicos – disse Artur.

– Uma coisa muito importante foi criada na Grécia – disse a avó, olhando para todos. – A democracia!

– Muito bem lembrado, mãe! – disse a mãe de Artur.

– A democracia é uma das coisas mais importantes para as sociedades se desenvolverem em paz – falou a mãe de Ana.

– Pois então, retomando o tema da conversa – disse o avô –, existem dois deuses que dão nome a dois tipos de tempo.

– Dois tipos de tempo? – espantou-se Artur.

– Quem são esses deuses, vô? – perguntou Ana.

– Cronos é o deus do tempo cronológico, palavra que vem do seu nome. O tempo cronológico é o tempo dos acontecimentos, o tempo que contamos no relógio. São os segundos, os minutos, as horas, os dias, os meses, os anos, os séculos.

– E o outro deus?

– O outro deus é Kairós, o deus do tempo oportuno, o tempo eterno, que não é linear. Quando o tempo da gente "rende", como costumamos dizer, estamos usando o tempo Kairós, não o cronológico. Quando conseguimos fazer o que precisamos e o que queremos, sem nos estressar, estamos alinhados com Kairós. Quando estamos no presente fazendo nossas atividades com prazer, não apenas cumprindo as responsabilidades, mas também aproveitando o lazer e o prazer, sem ansiedade, estamos no tempo Kairós.

– Cronos representa a quantidade, o tempo quantitativo; e Kairós, a qualidade, o tempo qualitativo – sintetizou Sofia.

– Que legal! Eu não sabia disso! – disse a mãe de Ana.

– Nem eu! – disse a mãe de Artur. – Acho que hoje nós duas estamos no Kairós, porque conseguimos dominar o Cronos. Será que falei bobagem?

– Não, filha! O que você disse está certíssimo! Hoje, vocês estão sendo donas de seu tempo em vez de deixar que o tempo seja dono de vocês. Isso é qualidade, isso é Kairós.

– Se estivéssemos olhando o relógio, apressadas para ir para casa, estaríamos seguindo Cronos e não teríamos curtido esse jantar sem nos preocupar com a hora – disse a mãe de Ana.

– Isso mesmo – concordou a avó.

– Precisamos vir mais vezes jantar com vocês!

– Para mim e para a Sofia, é a maior alegria – disse, olhando para a mulher. – Afinal, os filhos são a obra mais completa que o ser humano pode conceber. É ou não é?

– As mulheres que o digam! – respondeu o mulherio reunido.

Enquanto os adultos falavam, os meninos se olhavam. Essa conversa sobre os deuses e a noção de tempo – justamente o que eles tinham vivido naquela tarde –, a atitude diferente das mães – calmas, jantando numa boa, falando e ouvindo... será que era pura coincidência?

Dizem que coincidências não existem... Então era sintonia – todos sintonizados no mesmo tema, e a energia de um passando para o outro. Não bastou Ana e Artur terem ido para o Olimpo; os deuses gregos vieram para a mesa de jantar na cozinha da vó Sofia!

– Olha que isso aqui tá muito bom, isso aqui tá bom demais! – a vovó veio cantarolando a música de Dominguinhos enquanto trazia a sobremesa.

Quando ela colocou a travessa na mesa, os meninos não acreditaram.

– Brigadeiro?! – gritaram ao mesmo tempo.

– Vou levar amanhã no aniversário do Zequinha, que mora aqui do lado, e fiz a mais para vocês – respondeu a avó, toda satisfeita com o sucesso que a sua comida fazia.

E não foram só as crianças que atacaram, os adultos também se lambuzaram. Enquanto comiam, os meninos conversavam baixinho.

– Hoje Kairós esteve conosco, Artur!

– E quero que continue! Pra gente fazer viagens incríveis – no tempo e no espaço – como a que fizemos hoje.

14
Novidades na Terra também

Artur e Ana tinham muito a conversar. Por eles, passariam a noite inteira comentando tudo o que havia acontecido naquele dia, mas não dava. As mães estavam tranquilas – o que já era raro! –, mas depois de um papo após o jantar, eles precisaram ir embora.

Ana pediu à tia para deixar o Artur dormir na casa dela, mas a tia disse que ele tinha de trocar de roupa, pegar o material da aula etc. etc. Ficava para outro dia...

Outro dia! Não haveria outro dia como aquele!

Artur insistiu, dizendo que podia pegar a muda de roupa e o material antes de ir para a casa de Ana, mas a mãe estava cansada e ainda tinha muito a fazer em casa. E assim eles foram cada um para sua casa, tomaram banho e se enfiaram na cama rememorando o dia no Olimpo. As cenas se sucediam como num filme – muito vívido e colorido, como aquele a que haviam assistido no palácio dos deuses, ao lado de Zeus e Atena.

E quem é que dormiu nessa noite? Ana e Artur com certeza não. Com tanta adrenalina, como podiam desligar? Muita coisa boa havia acontecido, precisavam repassar tudinho para não esquecer. Enquanto pensavam nisso, Ana mandou uma mensagem para o celular do primo:

"Vamos escrever tudo o que aconteceu?!"

Artur respondeu no mesmo instante:

"Pode crer, essa história é muito legal!"

"Põe legal nisso, Artur!"

Agora tinham mais um motivo para não dormir. Rememorar tudo, passo a passo, não esquecer nadinha, e anotar tim-tim por tim-tim.

Apesar de quase não terem dormido, eles levantaram logo que o despertador tocou.

Artur tomou o café da manhã rapidamente e saiu mais cedo que de costume para a escola. Os pais admiraram a boa disposição do filho, sem desconfiar do que estava acontecendo.

Ana também foi mais rápida; lavou o rosto, penteou o cabelo e vestiu-se. Comeu uma fruta, pegou o iogurte que costumava tomar de manhã, embrulhou para o lanche e deu um beijo nos pais.

– Que pressa, Ana! – admirou-se o pai. – Ainda é cedo!

– É que tenho um assunto pra resolver na escola, pai. Já vou indo! – e saiu de casa, toda alegre, para o colégio.

Nunca tinha sido tão bom ir para a escola como naquele dia. Quando ela chegou, deu de cara com a última pessoa que esperava encontrar. Neusa estava chegando na mesma hora que ela.

– Ana, meu pai foi transferido. Vou mudar para o Rio Grande do Sul.

– Quando, Neusa?

– Na semana que vem.

Ana ficou em silêncio; estava surpresa com a notícia. Só conseguiu dizer:

– Puxa...

Elas ficaram se olhando. Não importa o que tivesse acontecido, Ana gostava dela – eram amigas e sempre haviam se dado bem.

– Queria te pedir desculpas, Ana... – disse Neusa, de repente. – Eu menti! O Gil nunca olhou pra mim. Inventei isso na esperança de que você não se importasse mais com ele e talvez assim ele passasse a se interessar por mim. Mas não aconteceu nada disso.

Ana acabava de voltar do Olimpo, mas parecia que ainda estava lá. Era sonho ou realidade? Essa notícia deixou a menina de novo nas nuvens.

– Foi tudo invenção minha. – Neusa repetia a frase para que Ana acreditasse e também para se livrar da culpa que sentia ao falar a verdade.

Neusa deu um abraço em Ana e ela correspondeu. Elas se beijaram e Neusa foi embora.

Quando ficou sozinha, Ana não se mexeu; continuou parada no pátio da escola. Estava tão chocada com tudo o que vinha acontecendo, que não conseguia coordenar os pensamentos e os sentimentos. Deu alguns passos até um mural pregado na parede e deixou a mente voar. Nem sabia o que estava na frente dela, só pensava em Gil. Não ia ser boba como antes, sempre desviando o olhar quando ele olhava para ela. Afinal, se ele olhava pra ela e ela gostava dele, por que não ir em frente?

Esse pensamento deve ter atraído o garoto... Enquanto ela voava pelo Olimpo, pensando que aquilo que Neusa tinha contado só podia ser presente dos deuses, alguém se aproximou. Mas Ana não percebeu. Quando a pessoa parou a seu lado, ela virou a cabeça e deu de cara com Gil.

Eles se olharam longamente. Estavam no penúltimo dia de aulas.

– Daqui a pouco vou pro Piauí com minha família – disse Gil. – A irmã da minha vó, meus tios e primos moram lá, e é a primeira vez que vamos visitá-los. Vamos ficar quinze dias por lá. E você, vai viajar, Ana?

– Não, vou ficar por aqui. E vai ser ótimo, porque vai ter apresentação de capoeira e eu estou treinando bastante.

– Que legal! Não sabia que você fazia capoeira! – disse ele, empolgado.

– Muito legal, mesmo! É puxado, o mestre dá umas broncas na gente, mas eu estou adorando!

– Quando vai ser a apresentação, Ana?

– No fim do mês.

– Que bom! Assim vou poder assistir.

Ana deu um sorriso como resposta.

– Agora tenho de me apressar porque ainda preciso arrumar a mochila, separar documento, tudo isso...

Ana só olhava para ele, não dizia nada.

– Por que não nos falamos pelo celular enquanto eu estiver fora?

– Só que eu não tenho o seu número.

– Mas eu tenho o seu!

– Quem te deu? – perguntou a menina, desconfiada.

– O Artur!

– Como? Ele não me disse nada...

– É que eu pedi pra ele não contar nada pra você – falou Gil dando uma piscadinha.

Ana abriu um sorriso.

– Malandro, hein?

Gil deu um beijo na bochecha de Ana e ela fez o mesmo na bochecha dele.

Artur também chegou cedo à escola. Procurou Ana e não a encontrou. Estava tão bem-disposto que nem se lembrava da briga que ele e os colegas tiveram com os grandões. Foi logo se enturmando com os amigos e com o resto da turma que jogava futebol de botão no pátio.

A dupla chegou e olhou para Artur, Juca, Renato e João com respeito. O *tae kwon do* e o jiu-jítsu tinham ajudado; além disso, eles eram tão tranquilos que mesmo tendo ganhado aquela briga, não se vangloriaram nem tripudiaram sobre eles – e isso contava muito. Ninguém no colégio ficou sabendo – aquilo ficou entre eles, e a dupla agradeceu se afastando deles.

A primeira aula de Artur era de História. Quando a professora disse:

"Hoje vamos estudar a Grécia", Artur deu um pulo da carteira e respondeu:

– Não acredito!

A professora e os colegas se espantaram.

– Por que não acredita, Artur? – perguntou a professora.

– Porque eu curto muito mitologia grega... – respondeu com um sorriso que só ele mesmo podia entender.

Silvana Salerno

Arquivo pessoal

Adoro ler e escrever, viajar e descobrir novos mundos reais e imaginários. Por isso, escrever histórias tornou-se minha profissão. Quando escrevo, viajo no tempo e sou de novo uma menina em busca de conhecer o mundo e me conhecer. Foi na pele dessa menina que escrevi este livro, vivenciando a vida de Ana e Artur e seu mergulho na mitologia grega, acompanhados por Atena, Zeus e Ulisses.

Estudei Jornalismo e Letras na USP e me especializei em Literatura e Artes. Cursei História da Arte em Florença, na Itália, e Mitologia na Grécia. Foi emocionante correr pela pista onde aconteciam as Olimpíadas e andar pela Ágora, onde Sócrates filosofava.

Publiquei 20 livros no Brasil e um no exterior. Meus personagens e eu ficamos contentes com as premiações que recebemos. *Viagem pelo Brasil em 52 histórias* recebeu o prêmio Melhor Reconto pela Fundação Nacional Infantil e Juvenil (FNLIJ) em 2007, outros receberam o selo Altamente Recomendável da FNLIJ, e em 2015 minha adaptação de *Os miseráveis* foi finalista do Prêmio Jabuti. Quatro livros foram selecionados para o catálogo da Feira de Bolonha, dois para o catálogo da Feira de Frankfurt, dois pelo PNBE/MEC e dois pela revista *Crescer*.

Bruno Gomes

Arquivo pessoal

Nasci em 1983, em Arapiraca, interior de Alagoas, mas logo me mudei para o Recife, Pernambuco, onde passei boa parte da vida estudando diversas técnicas artísticas e dando aulas de pintura digital. Hoje em dia, moro na Serra do Mulungu, Ceará, onde me inspiro na natureza e nas leituras para produzir.

Ilustrar este livro me fez lembrar do jovem curioso que fui quando comecei a fazer minhas primeiras leituras mais complexas. As histórias de deuses que interagiam com os humanos nos tempos antigos e a criação do mundo muito me fascinavam. Fui em busca da mitologia de muitas culturas, especialmente de nossos indígenas brasileiros. Voltar aos mitos gregos foi para mim uma oportunidade de homenagear a origem de todo o meu interesse pelo tema. E, dessa forma tão contemporânea e dinâmica que Silvana coloca, posso dizer que conversou bastante com o jovem que fui e que ainda está aqui dentro – e tenho certeza de que conversará muito com os de nossa atualidade.

Se quiser conhecer melhor este trabalho e outros, visite meu *site*: <www.brunogomes.art>.

Este livro foi composto com as fontes Alegreya e Abril Display
para a Editora do Brasil em maio de 2018.